U0065779

如何成為「人」？

「感性」是什麼？

什麼是我可以感覺的感覺？

創作的「結構」，是什麼？

愛是什麼？「做」愛是什麼？

如何成為「土壤」？

#感性 #系統 #土壤 #人 #流變 #做 #隨處

「我」，

並不是就是如此的「我」，

而是有待流變、或在流變中得進行裝配的「我」。

圖片提供／黃建宏

黃建宏
黃以曦

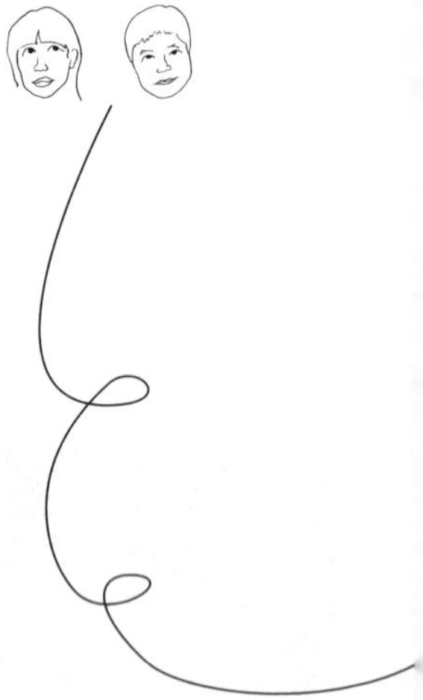

一、獨特—感性

建宏，已分辨不出是主動或被動，我的生活許多時刻，懸浮在一處邊上，那裡沒有人，也沒有事，在那種空無底，時間不是沉靜流過，亦不再暴漲地透露意義。時間僅僅是被懸起，幾乎像被拭去。那並不是百忙裡偷個小宇宙，也不是稀疏的秩序規線間的餘與白，而只是，我就是擁有此與彼個，為現實所排除的時空。

那些時候，我讀書、抄寫、塗寫什麼，我讀為了留下整段漠然流逝的影像所做的速寫，聽蒐羅來的音樂，穿插著什麼都不做。我其實什麼都沒放心上，沒思念什麼，沒朝向哪裡思考。可隨文字與旋律行進，我總是每一次都獲得深邃、幾乎是痛、的某種純然的感覺。它們未關回憶或想像，非關敘事性情節或任一幅有所構成的畫面。只是類似觸感的東西。與真正的觸覺不同，身體有某種素樸的介面、接點，感覺會在發生時燃成一個確定的光點，收束或蔓延。但思維的觸覺，卻是立體、抽象、甚至是後設的。

那些時候，我被這樣的想法包圍，即是「**什麼是我可以感覺的感覺？**」我想我在想什麼，我感覺我可以感覺的感覺。我感覺到的並非哪個具體的事物，歲月的被掏空、聚散的荒謬、故事的甜、活著的苦，而是，我該如何感覺得更多，撫觸不存在的紋脈、揭發未設局的謎、預見還未開始且將永不發生的愛情，諸如此類。

我想和你談**感性**。感性是什麼？當不再陌生於任一種撩撥，嫻熟於去認養關於這個、而不是那個、的感覺，隨時準備好了在哪個情緒底滅頂又甦醒，則是否還有個比這一切都更前面的位置？那裡會不會比所有確鑿的感覺，透露更多的，人之如何與為何作為他自己？

或許感性不只是經驗與記憶的指認？或許當我們穿過一個故事，留下的不只關於某感觸的模樣、以致於能在往後微調各種投射，我們且同時留下穿越間襲上那空氣的正在變化、即將成形、我們居中地調度、讓我們成為比原來多一點不同的自己、那樣的、每個人神祕地原就擁有的各自的能力。

你有心目中更符合「感性」的字詞嗎？在你的世界，似乎有著更多、很多的人，那麼，在感性與感性的交會間，是喧囂或死寂呢？

以曦，對我而言，沒有字詞會比「感性」更為貼切！這件事一路以來，似乎如你所說的，不只是碎片或是觸點一類的痕跡，而是得以啟動感覺並思考感覺的「能力」；但這能力究竟指向何處而得以具有重要性？

我此時能想的，是「**我**」，並不是就是如此的「我」，而是有待流變、或在流變中得進行裝配的「我」。每個人或許都可以暗自保存一種自信，就是對於字詞的看法，這不關乎學問，而是文字總是跟著我們的生活與生命一起長大，文字沒有「我」，在某種程度上就不存在了——如果要求我客觀一點，至少可以說與「我」無關了。但字跟字之間存在的一條小橫槓，這確實不是出自中文自己的生命或是我自己的中文會有的「東西」，而是彷如一則外來的「暗語」。這一「**橫**」就像謝林對於「**愛**」的說法，在連結的時候標示出差異，之所以在文字中顯露出「**連結**」的欲望，是因為「**差異**」牽引的強烈引力，以及再也忍受不了差異造成的分隔。

「-」或許可以被想像成感性的最小單位。小，並不是因為量小，而是因為無法丈量卻又如此本然，之想僭越「無關」（或說分隔）的一種感受與衝動，甚至，是夢裡推前的一小段「筆劃」；手，在草圖上感受到的摩擦，在劃過一片彷彿未來影像所攤開的平原之際，同時，也私自感受了纖維與毛髮對指尖的抵抗，在德勒茲「皺褶主義者」的宣告底下，藏匿著這一道筆劃，由於這感性而推促我們做出莫大的賭注，將手探向不可能性的兩端之間。

但，這一小道筆劃無法解決更為深刻的問題，即是橫亙於所有話語交流間的「**支配**」關係；談到支配不是為了計較誰有力、誰又吃虧，而是受支配關係左右的一方，即使探出了手欲求連結，那位處差異兩端的「**指稱**」，極可能會失去聲音或是僅存在假聲的演出。漂浮在這消音兩端間的筆劃，除了形式上「線段」的存在，它只能不斷地消化各種感覺、感受和情感，並想像這些感性其實從未存在過。

演出唸著翻譯對白的角色，真正不能說的、沒被聽見的、無能說的以及說不出口的，全都塞到了感性的重要載體：身體。

我的社交範圍並不大，但確實諸如長輩、老師、學生、藝術家、學者、策展人、公務人員、作家等等，在台灣能夠坦率表達自己的寥寥無幾，共享的是一個有著無數孔洞卻失語甚至失聲的身體。屬於這身體的嘴巴有兩個，一個常是屁股對屁股的大聲公，一邊放送「最新的、最前衛的」，一邊放送著「不懂……不懂」，許多功利的玻璃心被這兩方的放送壓制著，裝出用功學生的樣子，因為整個島的自卑會對此進行偌大的補償。另一個嘴巴，則有千萬個細孔，負責吞下各種聲音，但同時塞住自己內在的各種振動；許多被支配的人的獨特性就藏匿在這千萬個毛孔裡，故事也塗掉了所有記事的筆跡，只剩下銘刻在皮下的感性宇宙，感性的宇宙裡包庇著一個沒有被自由和平等解放的囚徒，他的文盲和畏光症除了熟背柏拉圖之外，必須等待著感性意志的牽引：感性得以是一種意志，正因為它保存了「自己」的聲音。

這樣一說，「感性」確實被濫用了，但於某些人而言卻又難以因而割棄，所以，就任性地寫下這個連結吧：「**自己－感性－我（非己）－創造性**」。

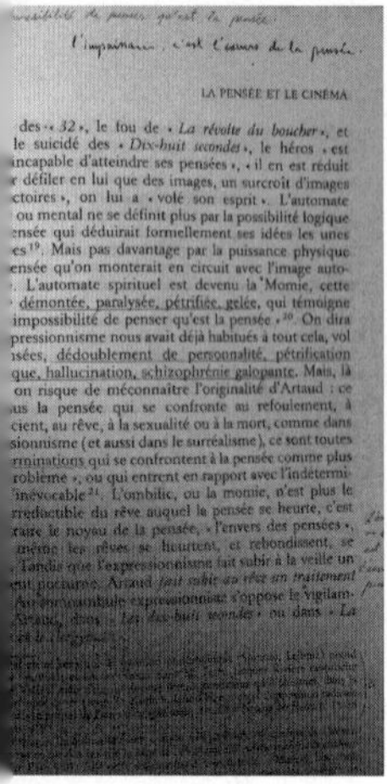

LA PENSÉE ET LE CINÉMA

des « 32 », le fou de « *La révolte du boucher* », et
le suicidé des « *Dix-huit secondes* », le héros « est
incapable d'atteindre ses pensées », « il en est réduit
à défiler en lui que des images, un surcroît d'images
ctoires », on lui a « volé son esprit ». L'automate
ou mental ne se définit plus par la possibilité logique
ensée qui déduirait formellement ses idées les unes
es[19]. Mais pas davantage par la puissance physique
ensée qu'on monterait en circuit avec l'image auto-
. L'automate spirituel est devenu la Momie, cette
démontée, paralysée, pétrifiée, gelée, qui témoigne
impossibilité de penser qu'est la pensée »[20]. On dira
pressionnisme nous avait déjà habitués à tout cela, vol
isées, dédoublement de personnalité, pétrification
que, hallucination, schizophrénie galopante. Mais, là
on risque de méconnaître l'originalité d'Artaud : ce
us la pensée qui se confronte au refoulement, à
cient, au rêve, à la sexualité ou à la mort, comme dans
sionnisme (et aussi dans le surréalisme), ce sont toutes
rminations qui se confrontent à la pensée comme plus
roblème », ou qui entrent en rapport avec l'indétermi-
l'inévocable[21]. L'ombilic, ou la momie, n'est plus le
rréductible du rêve auquel la pensée se heurte, c'est

結構的沉思者與想像者必然是迷宮的偏執狂。

每一個轉折在他的好奇趨前中都是面對「生命／死亡」的時刻。

point de vue est très en avance, risque d'être mal
même par les surréalistes, comme en témoignent se
avec Germaine Dulac, laquelle oscille pour son con
un cinéma abstrait et un cinéma-rêve [18].

A première vue, rien n'oppose ces déclarations d
celles d'Eisenstein : de l'image à la pensée, il y a l
la vibration, qui doit faire naître la pensée dans la p
la pensée à l'image, il y a la figure qui doit s'incarner
sorte de monologue intérieur (plutôt que dans
capable de nous redonner le choc. Et pourtant il
Artaud tout autre chose : un constat d'impuissanc
porte pas encore *sur* le cinéma, mais au contraire
véritable objet-sujet du cinéma. Ce que le ciném
avant, ce n'est pas la puissance de la pensée, c'est
pouvoir », et la pensée n'a jamais eu d'autre probl
précisément cela qui est beaucoup plus importa
rêve : cette difficulté à être, cette impuissance au c
pensée. Ce que les ennemis du cinéma lui reproc
Georges Duhamel, « je ne peux plus penser ce qu
les images mouvantes se substituent à mes propres p
voilà qu'Artaud en fait la sombre gloire et la prof
cinéma. En effet, il ne s'agit pas pour lui d'une in
hibition que le cinéma nous apporterait du dehors, ma
inhibition centrale, de cet effondrement et de cet
cation intérieure, de ce « vol des pensées » dont la
cesse d'être la victime et l'agent. Artaud cessera de
cinéma quand il estimera que le cinéma passe à c
peut faire que de l'abstrait, du figuratif ou du rêve. S
au cinéma tant qu'il estime que le cinéma est ess
lement à révéler cette impuissance à penser au c
pensée. Que l'on considère les scénarii concrets d

18. [illegible]

二、隨處-逢生

一直活在各種系統裡面，至少大多時間都置身於某種結構，這是極為真實的事情，但卻必須等到環境通過數據進行再現時，我們才能清楚意識到這個真實；可是在意識到這個真實時，卻碰到歐洲幾百年的巨型「**結構**」正在發生崩解。

於是，人類學、博物館學、歷史主義、考證等等這些先前服務於帝國的學科與方法，紛紛成為歐美知識份子宣揚反省精神的各種新再現語彙，一種飽和「反省性」的新保守主義。原本以「批判性」教化或魅惑其他「人」的進步知識分子，在發現結構後，卻沒有停下積累文化殖民性資本的步伐，而是更寬容地接受全球的「歐美化」菁英，只見更服從於「結構」。無論是法農、柄谷行人或查克拉巴提都關注到了被支配者會喪失一種能力，就是認知「結構」的能力，事實上，被支配者並不是不能成為成功者，而總是作為「原物料」的提供者或是代理商。

「結構」或「**系統**」不正是我們的認知能力與想像力中最缺乏的面向嗎？因為在我們驚訝於「一直生活在系統裡」的時候，那日常的依存感（從消費行為到文化殖民的優越感）壓倒性地戰勝了二十世紀風起雲湧的「革命詩學」。然而，如何思考或想像「結構」？事實上，這個過往至今必然屬於優勢者特權之一的面向，有著許多創作者嘗試過各種方式去挑戰它，也就是想像結構的遊戲，從佛列茲朗、高達、帕索里尼、拉斯馮提爾、押井守到諾蘭皆是。但他們不同於優勢者的是這些面對「系統」甚至批判「系統」的類結構主義者，都是隨處逢生的「**流放者**」。

這樣的對比幾乎是絕對合理的，因為唯有帶有「**逢生**」的流放者才能進出於結構內外，並在往返結構內外的過程中體會生命的發生。布希歐曾給他二〇〇九年出版的書命名為「隨生植物」(The Radicant)，這種對於全球化語境下藝術生命的譬喻，不能只是依附著跨國基金會與美術館而生，不能活在以為自己仍在臥底的溫床裡，而必須提出並討論各式各樣與我們相關的結構。

結構的沉思者與想像者必然是迷宮的偏執狂，因為結構的辯證本身就是牆內牆外、虛實空間之間的思辯運算，每一個轉折在他的好奇趨前中都是面對「生命／死亡」的時刻，就像是《全面啟動》和《星際效應》，牆是一道翻轉在不同宇宙和命運的業鏡，或許它們更為根本的模式就出現在亞倫・雷奈的影片中：結構中的迷路者。

「**隨處-逢生**」中的「**隨處**」不是一種韓波式的任性詩學，而是一個個曲折而出的時空碎片，逢生並非單一的發現生命，而是面對「**生／非生**」的姿態。

新的社群想像在Web2.0的時刻達到高峰，但網路無政府主義者卻在同時深感焦慮，因為無限相遇的可能與越來越強大的社群平台，可能會在迎接Web3.0時建立起新的結界與體制；然而，九〇年代對當時社會關係的反叛，以及置身快速移動中的狂喜，以為六〇年代理想的自由個體，可以在泡沫經濟中成真，於是促生了「關係美學」(註一)。是的，「**若一則無緣，若異則無相續**」，共同朝向自由的「一」在九〇年代瓦解了，因為數位科技提供了無數的緣和沒有邊際的資訊之海，但與此同時全球化又要求我們想像嶄新的「一」。面對類結構主義的思想分裂者，遠比總是虛偽的無政府主義者來得動人。

建宏，或許因為我的疏離，或是因為關於把自己交到更大的系統裡，我就是無法足夠相信，如何從不同尺度去回應人與結構的關係。

關於更大系統的無法相信，並不因為我發現任何可疑，而僅僅是很簡單的，在人的精神與感性尺度，每筆思索那麼幽微，它們先交織又懸浮地不可能被完美耙梳，它們且將質變地浮顯具體，或遁入背景，再接著，它們要牽引、滲透甚至催生彼此。我沒有能力去相信在此刻、這裡的我、面前的你，之外的更大世界。當我無法不活在如此微觀的場景，那非關割捨，非關對錯或有沒有某個最後的真理，而是事實上我已決定，或注定，住在一個很小很小的花園、一個由數個礁石廓起的安靜的深深的海的一處領域。可即使再迷你的生態系，它仍是個完整系統。

以及，是的，就這個小小的花園，我理解你說的。

怎樣是遠與近的人際結構？我與誰互相圍起、層層擴充？我們的關注、叮嚀與互動該停在哪條線？那是哪些誰？又或者是哪個誰的哪處禁忌區？怎樣是某個我必然屬於的「圈子」的結構？那裡有多少預設規則？我又能挑戰到哪裡？到什麼地步是新鮮聰明？到哪裡是挑釁？再到哪裡，邊界的此彼間隔渙散，話語消解，全部無效，你無法屬進任何一邊。整片寂靜，終極的放逐。

又比如，怎樣是創作文類的結構？在市場、成本、目標讀者、風格實驗或什麼賭上一生的豪情之外，作為創作者，我到底在幹嘛？我到底在寫什麼？小說的定義是什麼？小說與詩的關係是什麼？當哲學不得不是一種寫，它與文學的關係是什麼？虛構以其曖昧的本質，究竟可以走多遠？

人起造他的世界？還是，當整個世界都落定，「人」才終確立？當「人」成立得那麼晚，情節怎麼開始？一齣真正令我信服的情節。

隨處-逢生。「**『隨處』不是韓波式的任性詩學，而是一個個曲折而出的時空碎片，『逢生』並非單一的發現生命，而是面對『生／非生』的姿態。**」你說。我仍在思考，梭行於時空裂片，這整幢行動、整幅以直面對決或偷灑麵包屑所圈出的平面，有多少機會抵上那個儼然的結構？而關於生，與非生，是否終得取決有沒有夠格的對手？倒不是說沒有值得打的仗，生命就不足以激昂，而是，一場有趣的戰役，夠強力的肉身交搏，總切出更多細節。

還是說，我們早已進入下一題？時間已過了，大的結構已自給自足，「隨處」其實就是離開與重啟，小或大，其實我們都只能重新開始？

我以某暫定的我，

入戲又後設地擁有一個虛擬位置

——凍結一筆時間，以在一個彼處緩緩流變。

成為新一個暫定的我。

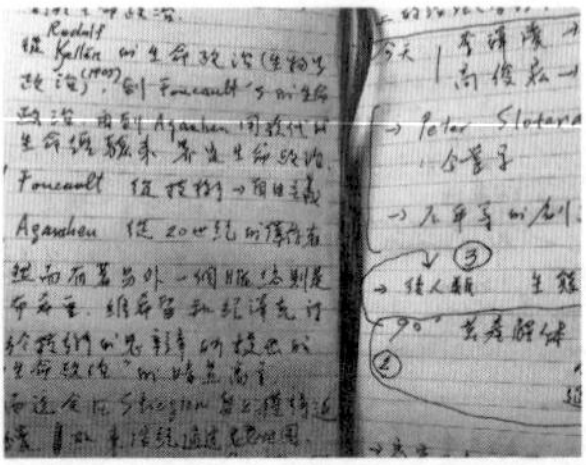
Rudolf
Foucault
Agamben
Peter

三、土壤-生態

建宏，作為「隨處-逢生」的「**只有我自己一個人**」，立刻要陷入的懸難是，那麼，我「**在**」哪裡？當唯「在」得以提示一套相應的行動建議，那麼創造性地，進駐一個，與另一個，以時空裂片成立的「在」，我們於其中的「起而行」，那個非如此不可的行動，會是什麼？

當逃離一切壓迫推擠，當目標的界定獲得詮釋與推進的彈性，則行動的驅力及其指示，會是什麼？

寫作的工程底，我日日練習身心的切換轉移——虛構國度，若無其事住進去，只從那國界內側去理解事情。然而，事件仍在現實、在外部發生：電話響起，郵件來襲，太好的天氣，太糟的天氣，我被捲進誰的故事，我投遞了將朝哪裡的誰而登載的行段群落……。我勉力維持合宜，將現實的球接下，正確甚至深思地拋回去。不要驚動現實，讓它作為更均勻的背板，我才可以專注於哪個終極的「**我**」、終極的「**做**」。

無論怎麼宣稱只站在虛構土地，我仍知道，我只是在兩者間，為此錯亂——像是那個憑空捏造、一切滑溜的哪裡，還真可以與，扎扎實實令我貧窮、難堪、悲哀的現實，勢均力敵。

第一朵花怎麼開？四季從哪個縫隙鑽進，自此循環不息？在全非現成、得重新一一指認的局面，我們和世界、和人的關係，還能怎樣運作？

我想像這畫面：一個清晨，一個深夜，人與另個人，比如，我，和我，比如，你，和我，他們擁有全世界的時間、私密與自由，他們將開始一段情節；無論那是否且是一種延伸或平行，但總之，人與人牽連著共同為之注入血肉，像在新發現的小島種棵樹。敘事交織，他們有了一段在生命之外的活著。

或許這就是我們能為一個臨界的生命所做的事？或許這正是孤獨者特權？如何飽滿的生命，仍有域外，它或者是幢精密的海市蜃樓，或者僅僅是個破口，卻是足夠反撲地造成拓樸流變的破口。

當我們在所謂的處境，終究去「做」、「做」了起來，那將總是目的性地為了什麼嗎？還是說那某個關於「做」的啟動，其實是一處「正式開始前的開始」？整個行動是一齣史前史？

以曦，「**我在**」聽著聽著你的話語時出神了，彷彿窗外剛被雨水刷過的葉子，順勢送出昨日甚至積累多日的體味，帶著魔幻寫實的氣質在咖啡店裡你點的花茶上方暈開，而我正端詳或說任性想像著你在對話中突發變得焦慮，語氣和呼吸似乎也顯得急促起來。

在一個討論著是否可以繼續按著某種方式創作下去的午後，我歸結出一個對自己而言最為尖銳的問題：「**這輩子還有可能跟他做愛嗎？**」這個問題不是他們現在正執行評斷的那種被歸為御宅族的蠢問題！做愛，當然不是一些同人誌中關係發展推到結局時的「作品」，而是自問是否還存在著任何「**尖銳化**」的可能？「尖銳化」事實上就像是高速攝影機大特寫鑽出地面的新芽時，或是「腳」或「翅膀」掙開殼膜觸到空氣時的「**狀態**」，就是「**生長**」。在這個或許根本不存在的下午，「做愛」是一種和「**養土**」有關的問題。

如果「**愛**」是在連結時標示出差異，那麼「**做**」愛就是對於這種連結的實踐與創作，換言之，就是讓差異（或說「不可能」）產生連結的實踐。但唯一能讓這問題獲得深化的條件，就是「愛」這件事總發生在作者之外才成立，「愛」絕對不會是作者的「財產」，而是他為了可能的後續生長（尖銳化）必須進行的生態式實踐，意即實踐就是為了生產出創造關係的「**條件**」。所以，做愛並不是生產愛。

「愛」除了可以作為宗教中的強迫症、浪漫主義中的絕對性、消費市場中的產品以及個人主義中的一千零一個說詞之外，除了流變為神、人、動物或植物之外，或許還可以想像為「**土壤**」；反過來說，我們想像自己和土地的關係時，是否可能脫開作為土地的開發者、所有人、交易人、觀眾（旅人）或是代言人（運動者）？因為在上個世紀，關於知識分子與工人的關係，我們不是已經目睹了「生活模式」成為解放（產生社會連結）的最後一堵牆？

「勞動」隨著解放的話語更加地被工具化，既是更多樣的商品，也是更多用途的生產工具；直到世紀結束前，我們發現在高呼解放的過程中，擴增的想像力並非是對於勞動的想像力，而是「價值」的想像力。我們其實可以向我們所支配的對象學習，並想像被支配者的另類可能性，這裡面才存在著解放，因為解放，一直都是為了解放自己以及和自己類似的存在，所以，我們要變成土壤，和土壤學習如何成為土壤。

作品和商品是分不開的，因為「品」就如同現象學論述操作下的說法一般，「品」同時作為「品項」和「品味」所標定的門檻，「做愛」如果是作品的完成，那它必然只是無窮盡的交換過程；但反過來問，「做愛」究竟有何可能區別於各式各樣的交換？為何一定要「做愛」才或許可以脫離交換與商品化？這種對於「做愛」的強辯不是只是一種把妹（姊）或把哥（弟）的說法？確實，如果我們急於將「**流變為土壤的**」做愛重新標定為具有特殊性的商品或品項，那必然只會被歸結為一種騙術；「它」或「那」，一如精神分析的操作一般，是某種對於關係「**創生**」的深刻期待而發起的行動，如果連結到這裡談的「**做愛－養土**」，那不正是一種對於關係性生命的期待而想像並發起的決斷？

不再做作品，而是如同樹葬一般讓和未來有關係的種子歡慶我們的消失（流變為土壤）。「**這輩子還有可能跟你做愛嗎？**」一直是個致命的問題，但「致命」不是導向死亡，而是我們之外的生命，然所謂的「關係」不是一直都是「域外」的生發嗎？

為了保存「人」，

保存那個還能與他人有所相連互滲的「人」。

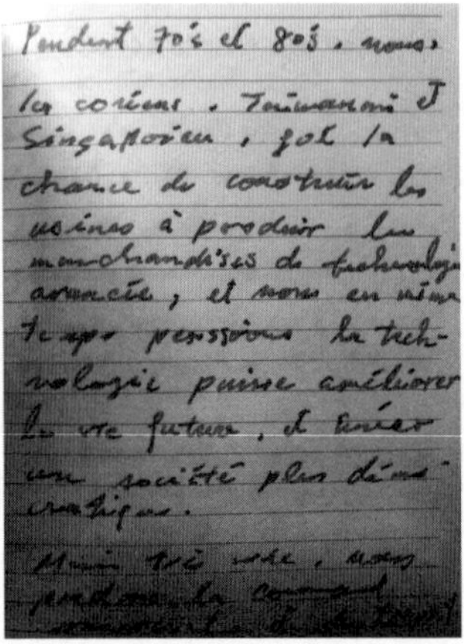

Pendant 70's et 80's, nous, les coréens, Taiwanais et Singaporien, ont la chance de construire les usines à produir les marchandises de technologie avancée, et nous en même temps pensions la technologie puisse améliorer la vie future, et créer une société plus démocratique.

[illegible]

四、流變為-人

以曦，每一部我所愛上的影片，都會左右著「電影」在我心裡所顯現的型態，但究竟這裡面牽繫自己最深的是什麼？我會說這些被愛上的影片都「再次地」讓我看到「**自己**」，但並不是鏡子中或是投影幕上的自己，而是作為「人」的自己，是一個我與某些人無法分別的那個「自己」。

對我而言，那是「**政治**」的最小單位。所以，我也可以狂妄地說，電影作為機器，是一部「人」的製造機，而它如此糾纏地連所有的「非人」都納入到「人」的生產裡去，正是在這樣的意義上，我們才有機會理解到洪席耶對於「政勢」(le politique)的辯證方式，以及「藝術的美學集制」。

簡單地說，從電影院走出的暈眩感都像是經過時光機器從未來歸返：因為看到人而必然啟動流變。我確實因此而不老，但也必然隨電影因而老去，它越來越需要面對的是不再能單純地進行「注視」和「凝思」；不過電影卻像是遲緩的老情人，雖然沒有不斷炫目的閃光，可是總能一次次給出帶有暖意的驚喜，我想說的是導演以及愛電影的人和電影的發展之間，存在一種我們現在看過去可以一目了然的「否定性」，那就是為了凝視而與電影對抗著。

舉例來說，魯本·奧斯倫在《婚姻風暴》和《抓狂美術館》中對於男主角托馬斯和克里斯·瓊兩人的表象行為描繪，在讓主角成為難以穿透的存在時，也藉此「無法穿透」蘊積出隨後主角的崩潰令觀眾產生劇烈心理效應的能量；這樣的敘事歷程逐步展示出一種「**赤裸**」，一種屬於身體、沒有精神內容的赤裸。這和蘇珊娜·畢爾影片中的男人們（如《窗外有情天》中的尼爾斯，或《更好的世界》中的安東）非常不同，後者的男人所見次揭露的赤裸不是身體的，而是容貌的「赤裸」。蘇珊娜啟動我自己的是對於「**困境**」的體會，就如同大多「逗馬95」（註二）的作品，總讓我們面對自身的困境和難堪，就像無法展示陽具的尷尬，但魯本卻會逼使我承認自身的懦弱，更像是一種陽痿的事實。

無論是困境或是懦弱，都會成為自己啟動「**流變**」的動因，因為這些都是自身難以自發面對的事情。從九〇年代中到廿一世紀的一〇年代末，不只是「逗馬95」，還包含佩德羅·柯斯塔的底層詩性或是貝拉塔爾的終結宣告，彷彿構成一段穿越「性功能」這偌大幻象的歷程。

但我是這樣感受的，這個歷程所啟動的流變總是為了保存「人」，保存那個還能與他人有所相連互滲的「人」。

就好像，你沒有因為猶豫是否還須寫影評，而真的沒有繼續寫影評，就像電影這個製造「人」的產業或機器，也或許不會因為人的消失而不再繼續，因為某種關於「凝視」會在抵抗中啟動各種「流變為-人」。我所自許的「電影-人」從未是我早已「不在」的那個場域中的那類人，而是「在」我的流變為人中可能是最為核心的一種「人」：從未停歇過、也從未完成的人。

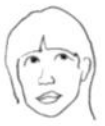

建宏，華依達的《殘影》講了與馬列維奇、蒙德里安同樣重要但被嚴重忽略的波蘭畫家史特斯明史奇，裡面有這樣一段他的視覺理論文字：

觀看，並非單一抽象的動作，而是行動，某個片刻的觀看過程。大自然有其引人注意的『趣味中心點』，觀看時，趣味點會轉移看梵谷作品時，裡頭有同樣且重複的區塊，是怎樣看大自然，才會得到像梵谷畫的那樣呢？他是否以一般天然的、生理的方式來觀看？整理出我們的觀看視線後，答案浮現，沿著地平線四個視線點，都有各自的趣味中心，形成同樣且重複的區塊。也就是說，這不是因為形式主義的梵谷遵循某不為人知的主觀理由，而是他精確地複製觀看風景的過程，以四個平行且連續的觀看視線。這就是梵谷的寫實主義，活生生的人的寫實主義，非以抽象觀看，而是以血肉之軀觀看。非精神感受的經驗，而是生理的。

我將這段話看為某種關於流變（無論是否終有落定，即「**流變『為』**……」）的隱喻。當我們的「**看到**」除了並非來自有無切換地被置入一視象，彼方亦不是「本來就是那樣」，而是整路收攝微調、終於全系列排開之旅程紀錄，如此，則關於「流變為-人」，那個活著，是否亦同樣從非僅僅是當然地過渡進新的一刻？而該個彼刻亦不是某確鑿的模樣？

也就是說，一切無或有所朝向的活著，捺出筆觸，疊著、映著，那個迆邐的全部，將是唯一的我——儘管終究不存在哪個收束的最後一刻，倘若我們已賦予了整齣流變持續幻變與作為**遺澤**（legacy）的權利。

建宏，我們談論了感性如何作為一種意志保存了「自己」、在整群時空裂片裡就著「生／非生」的面對，以及，生命中各種「做」，之不為創生再一筆現成物，而是流變為土壤，滋生新的全盤可能性。那麼，關於「**如何有一種朝向要成為『人』的流變**」，該個意象是否已呼之欲出？

如同你舉電影中角色辯證地逼近一個你看到（歷經流變）的你，我回想那些你所謂「人的製造機」，除了也有此或彼些角色以其稜角指認映射給我，我所看得見與看不見的「我」的面貌，它們為我廓清的，且是某個空曠、冰封、退離、或暖金色、或饒有興味的節拍。流動的空氣。或急或緩的詩意。

我總是汲汲營營地，要成為一個人，可在那之前、在那同時，生命的流與變，有觸感與晃蕩。精細的光鑽了進來。無論電影、小說或戲劇，無論任一樁現實際遇，幾乎悖論地，我以某暫定的我，入戲又後設地擁有一個虛擬位置——凍結一筆時間，以在一個彼處緩緩流變。成為新一個暫定的我。

（發表於《印刻文學生活誌》一七五期，二〇一八年三月）

註釋

註一——關係美學（Relational Aesthetics）：又稱關係藝術（Relational Art），一種從整體人類關係和社會背景發展進行思索與實踐的藝術模式或趨勢。由法國藝術評論家尼可拉·布希歐（Nicolas Bourriaud）提出。他認為，藝術家應當被視為呈現關係美學的「催化劑」，而非藝術概念的中心。例如透過作品，設計、營造出具有社會性的模型或場域，並藉此將社會現實轉換進來，或以此傳遞現實，允許觀者進入並加入對話。如此，藝術家透過其作品，即在其中建立了觀者或藝術家之間的人際互動關係。台灣藝術家李明維的《睡寢計畫》、《客廳計畫》等即是。

註二——Dogma95，即「逗馬宣言」，是一九九九年由丹麥導演拉斯·馮·提爾和湯瑪斯·凡提柏格（Thomas Vinterberg）首倡的運動，也是一種激進的電影創作方式。他們主張電影應回歸原始，強調純粹性，更關心故事自身；而非著重技術性，以及昂貴壯觀的後製效果。為了實現此目標，馮·提爾和凡提柏格發展出「純潔誓言」（Vow of Chastity），包含「攝影必須在故事的發生地完成」、「音軌永遠不能與圖像分開錄製」、「攝影機必須手持」、「電影必須是彩色的，不可使用特殊打光」、「不接受類型片」、「不能包含膚淺、虛假行為」、「時空較遙遠即不成立」、「只能使用35mm 膠片」……等十條規則。

譯名對照

謝林 F. W. J. Schelling（德國哲學家）
德勒茲 Gilles Deleuze（法國哲學家）
法農 Frantz Omar Fanon（法國作家）
恰克拉巴提 Dipesh Chakrabarty（印度歷史學家）
佛列茲·朗 Fritz Lang（德國電影導演）
高達 Jean-Luc Godard（法國、瑞士電影導演）
帕索里尼 Pier Paolo Pasolini（義大利電影導演）
拉斯·馮·提爾 Lars von Trier（丹麥電影導演）

諾蘭 Christopher Nolan（英國電影導演）
亞倫・雷奈 Alain Resnais（電影導演）
韓波 Arthur Rimbaud（法國詩人）
洪席耶 Jacques Rancière（法國哲學家）
佩德羅・柯斯塔 Pedro Costa（葡萄牙電影導演）
貝拉・塔爾 Béla Tarr（匈牙利電影導演）
史特斯明史奇 Władysław Strzemiński（波蘭畫家）

延伸閱讀

魯本・奧斯倫（Ruben Östlund）導演，《婚姻風暴》，二〇一四年。

——，《抓狂美術館》，二〇一七年。

蘇珊娜・畢爾（Susanne Bier）導演，《窗外有情天》，二〇〇二年。

——，《更好的世界》，二〇一〇年。

華依達（Andrzej Wajda），《殘影》，二〇一六年。

重新虛構「關係」

黃建宏

「對寫」是重新虛構「關係」的契機，讓一些在現實中已然不知從何開始、甚至在遺忘中仍然殘留的莫名溫度，能夠在虛構的狹小空間中找到「起頭」。彷彿荒蕪的舞台突然亮起照明，原本以為躲得很深的灰塵們被那熱氣驚嚇亂竄，就這樣在「他處」演了幾場戲，無關乎補償或幻想，而是在現實中翻轉到其他系統的種種對話瞬間。

這些對話瞬間是直接跳脫現實關係，直接面對某種假定真實的「提問」與「回應」，在這對話間創造出一種呼吸和意義能夠亦步亦趨的空間。

黃建宏

台灣高雄人，畢業於東海大學化學系，之後前往巴黎。在賈克．洪席耶的指導下於二〇〇四年取得巴黎第八大學哲學所美學組博士。二〇一八年起擔任國立臺北藝術大學藝術跨域研究所副教授及關渡美術館館長。

研究專長關於影像研究、美學理論、當代藝術思潮、哲學、策展研究。書寫內容著墨在電影、影像、當代藝術與表演藝術的評論。有著作《N度亞洲穿越劇調研》（主編）、《蒙太奇的微笑：城市影像／空間／跨領域》、《渾變：編織未知的亞洲工作日誌》（與後藤繁雄合編）、《一種獨立論述》、《CO-Q》（與蘇育賢合著）。

策展包括國立臺灣美術館線上展覽《Ex-ception》、《S-HOMO》、《後地方：post.o》、與中國OCAT合作策展《從電影看》、《渾變 New Directions: Trans-Plex Weaving Platform》台日交流展（與後藤繁雄共同策展）、韓國亞洲文化殿堂《穿越劇：在台灣各階段生命政治與運動的檔案文件史》、共同策畫《失調的和諧》(discordant harmony) 系列展覽、臺北當代藝術館策展《穿越–正義：科技@潛殖》、《災難的靈視》……等。

攝影／吳妮諺

黃以曦

作家，影評人。著有《謎樣場景：自我戲劇的迷宮》、《離席：為什麼看電影》。